Made in the USA
Las Vegas, NV
18 October 2024

10064948R00069